오리나무 숲으로 간 그대에게

시아현대시인선 **011**

오리나무 숲으로 간 그대에게

조만수 시집

인쇄일 | 2024년 07월 20일
발행일 | 2024년 07월 30일

지은이 | 조만수
펴낸곳 | 도서출판 시아북(詩芽Book)

출판등록 | 2018년 3월 30일
주소 | 대전광역시 동구 선화로214번길 21(3F)
전화 | (042) 254-99665
팩스 | (042) 221-3545
E-mail | siabook@daum.net

값 15,000원

ISBN 979-11-91108-98-9(03810)

오리나무 숲으로 간 그대에게

조만수 시집

시아북
詩芽BOOK

지은이의 마음

내 개인의 아픔과 슬픔을 이겨내기 위한 내면의 도피처였다. 숨쉬기도 어려울 정도의 슬픔을 껴안고 앞으로 내달려야 하는 용기와 힘을 얻는 유일한 나의 돌파구가 시 쓰기였다.

내 감정을 어찌 다스려야 하는지? 연습 할 수도 없고 누구도 남의 감정에 시간을 내 주지 않기에 나는 숨쉬기 위해 시라는 산소와 공기를 마실 수 있도록 붙잡고 매달렸다.

뭉크가 내면의 절규를 그림으로 표현하듯 나의 절망감과 함께 낭떠러지로 떨어지지 않으려고 오직 시 쓰기로 모든 절망과 슬픔을 안고 내달릴 용기를 얻었다.

누군가 글쓰기는 하찮은 삶의 조각을 건축물로 엮는 작업이라 했다. 나도 하찮은 삶의 조각들을 엮어서 아담한 초가집을 짓고 싶었다. 열심히 책임을 완수 했던 엄마의 삶 초가집에 손주 최현석, 최아연, 정가은, 정효은 그리고 큰 사위 최경영 막내 사위 정 동화 두 딸 김지윤, 김보미 아들 김종인을 엄마의 초가집으로 초대한다.

2024년 7월에……

한그루

통곡의 벽

두그루

유월

세그루

봄

네그루

소확행

다섯그루

11월

여섯그루

섬

오리나무 숲으로 간 그대에게

조만수 시집

한그루

통곡의 벽

통곡의 벽

내 방 한쪽 벽엔 결혼 사진이 걸려 있다.
속상한 일이 있을 때나 기쁜 일이 있을 때도
나는 수시로 그 벽에 이마를 대고 말하곤 했다.
어쩌지? 잘될거라고 말해 주길! 내려다 보고 있지?
손주가 서울대 입학했어요 손녀도 입학했고요
졸업했어요. 수시로 나는 말을 걸었다 통곡의 벽에다
이만 하면 내가 책임을 잘 완수하고 있는거죠?
그곳에서 내려다 보고 날 응원하고 계시죠?
그리고 내가 잘 해내고 있는 것도 맞나요?
기쁜 일도 속상한 일도 모두 사진이 걸려 있는 벽에
이마를 대고 때론 통곡도 하고 말도 건다
23년이 되었다. 이젠 나이 들어 늙은 이마를 댄다
조용히 잠자듯 오리나무 숲으로 떠날 수 있게 해달라고…,
나는 늘 말을 걸고 있다. 통곡의 벽에…

* 2000년 4월 그는 54세에 오리나무 숲으로 떠나갔다. 출장중 사고로!

초여름

잠시 창밖을 바라본다.
울타리를 껴안고
흐드러지게 핀 빨강 넝쿨장미

날 처음 바라보던 날 그는
나에게 빨강 넝쿨장미라 했다.

그는 늘 우겨댔다
그가 울타리라고
넝쿨장미 피는 초여름
그가 그립다
너무 너무 그립다.

능소화

주황색 나팔을 분다. 온종일
담장 넘어 골목 돌계단 아래까지
들리라고 불어댄다

첫사랑을 찾는다고 온종일
나팔을 분다

5월을 보내며

5월이 떠난다 하네
꽃과 푸르름 몽땅 두고 가니
떠남도 아니라 하네

나

날마다 나를 데리고 산다
실패한 나 성공한 나 희망이 바닥난 나
오늘은 내 속에 숨은 나를 찾고 싶다
실패한 나의 창고 속엔
아무도 갖지 못한 비밀이 잠자고 있다
나의 창고 속에 펴지 않은 꿈이 장작처럼 쌓여있다
언젠가 그 장작의 불꽃이 타오르도록
감당 못할 화력으로 재가 되도록
내 비밀의 문을 열고 싶다

사랑

러브스토리 감독 힐러는
“사랑한다면 미안하다는 말은 하지 않는 거야”
라고 말했다.
오리나무 숲 그에게 매일 미안하다고 말했었다
손주가 자라는 모습 혼자 누리는 모든 기쁨
모두가 미안하다고 하루에도 몇 번씩 말했다
이젠 미안하다는 말은 말하지 않을 테다
오리나무 숲 그대에게! 그대에게…

이 가을

이 가을에는 사랑하는 맘으로
지치게 하소서
들녘 들국화 향기로
그에게 한 걸음 다가가게 하소서.
이 가을엔 가슴 시린 일들이
곱게 물든 낙엽이 되게 하소서
그리하여
한 줄기 바람이 되어 날아가게 하소서.

장미

장미 두 송이가 피었다.
이 꽃 꺾어들고 너만 모르는
그리움 전하고 싶다.

우리 선생님

꽃처럼 예쁜 사람 우리 선생님
우리 선생님은 늘 꽃같은 얼굴
항상 꽃같은 즐거운 얼굴

오리나무 숲 언덕까지

모든 책임 나에게 주고 오리나무 숲 언덕으로 간 그 사람
하늘 같은 큰아들이라 믿고 있던 일흔이 넘은 부모님들 두고
팔남매의 장남인 그는 아무 말도 없이 오리나무 숲으로 갔다.
싱싱한 물고기 머리에 이고 온동네 다니시며 물고기 판 돈으로
팔남매의 장남인 그를 가르치신 시부모님들에게 그는 늘 빚쟁이
부모님과 동생들에게 늘 빚진 모습으로 이리 뛰고 저리 뛰던 그
그가 짊어진 짐의 무게를 나누어 짊어져야 했던 나 23세
나의 20대 초반은 그와 내가 짊어진 짐으로 숨이 막힐 때
나는 그에게 독하게 투정 부리면 그는 나에게 미안해 하며
우리가 부모 복이 없다고 생각하자며 말이 없는 그 사람
결혼해서 5년 동안 논 사고 밭 사고 집도 사드리고 소도 세마리
아버님 소 세마리의 꼴 베느라 고생 하신다고 푸념하시고
가난한집 맏며느리 벗어날 즈음 그는 교직 5년 간신히 채우고
송충이가 떡갈나무 잎을 찾아 가듯 또 다른 도전의 시작이었다.
그는 2000년 4월 벚꽃이 흐드러지게 핀 벚꽃 터널을 지나
고향 아미산 옆 오리나무 숲으로 떠나갔다. 이리뛰고 저리뛰던
그는 54세였고 나는 52세였다. 3남매와 그가 그토록 사랑한
연로하신 부모님을 두고 말없이 그는 떠나갔다.

가슴 절절이 못다한 말들 가을 바람에 실어 보낸다.
그가 잠들어 쉬고 있을 그 곳 오리나무 숲 언덕까지 이가을에

사랑하신 아버님도 떠나시다

어머님이 떠나신지 2개월! 늘 가슴 저린 순간들이 떠오르는 게 가시지도 않았는데 갑자기 아버님이 어머님 곁으로 가셨다. 지난 토요일은 순간 수렁의 늪에 빠져서 한없이 가라앉고 있었다.

이제 86세이니 장수를 하신거라고들 하지만 며느리인 난 잘못 해드린 것들만 떠오른다.

어머님의 49제에서 벗어나 잠깐의 여유라고 자주 찾아뵙지 못한 나의 잘못에 자꾸만 죄책감이 맴돈다.

젊으셨던 시절 만주로 일본으로 징용 가셨던 아버님! 3대 독자이셨던 아버님! 6·25때는 포병으로 대포 소리에 귀까지 안 좋으셨던 아버님! 소리소리 지르며 아버님과 대화했던 순간들!!

이제 모든 것들이 다 시간 속으로 사라져 갔다.

딸 여섯과 아들 둘을 낳으시고 당신 몸처럼 아끼시던 큰 아들 앞세우시고 늘 나에게 "미안하다. 잘못 낳아 주어서" 하시던 우리 아버님!

늘 당당하시던 젊은 날의 모습이 사라지시고 어쩌다 뵈오러 내려가면 내가 운전석에 앉아 집으로 들어가시라고 손짓하면 지팡이에 의지한 채 내 차가 사라질 때까지 바라보고 계셨다.

영면하실 곳으로 가시는 날 새벽부터 눈이 내리기 시작했다. 가시는 길 산마루 소나무에 소담스럽게 눈꽃들이 피었다. 온 세상이 하얗다. 모든 것 내려놓으시고 떠나시는 우리 아버님의 마음이 눈처럼 깨끗하고 눈꽃처럼 아름답고 편안하시길 마음 속으로 기도 드렸다.

이승에서 저승으로! 삶과 죽음의 경계선은 너무나 분명하다.

오리나무 숲으로 간 그대에게

조만수 시집

두그루

유월

유월

청보리가 누렇게 익어가는 유월
공주산성 보리밭 언덕을
둘이서 손잡고 말 없이 올랐다.
유월 햇살은 청보리를 노랗게 만들고
바람이 불때마다 노란 보리 물결은
파도처럼 우리 둘 곁으로 달려왔다.
그는 오래 전 오리나무 숲으로 떠났고
나 혼자 황금보리밭 물결을 껴안는다.

아침의 단상

1) 사무치게 사랑해 보지 않은 사람은 밤 하늘의 빛나는 별을 볼 수 없다.

2) 우는 여자는 예쁘고 우는 남자는 아프다.

77년 미 항공 우주국 나사에선 보이저 1호와 2호에 브란덴브르크 협주곡을 선택해 외계인에게

지구인들은 평화를 사랑하는 생명체라는 걸 알리기 위해 이 음악을 탑재해서 보냈다 한다.

55개의 언어와 인사말 발트하임의 유엔 사무총장과 카터 미 대통령의 메시지 동판 레코드도 탑재해서 보냈다.

그런데 보이저 1호의 행방이 묘연 이미 태양계를 벗어나 칠흑 같은 은하계를 맴돌고 있을 보이저 1호.

보이저를 보낸 나사 과학자들의 맘속엔 늘 어둠 속을 맴돌고 있을 보이저를 잊지 않고 그리워 하고 있을 것 같다.

사무치게 사랑해 보지 않은 사람은 밤하늘의 빛나는 별을 바라 볼 수 없다는 말이 보이저 1호를 떠올리게 하는 아침이다.

나만 아는 보이저 하나씩 각자의 마음 속에 품고 있을 그리움.

칠흑 같은 어둠 속에 맴돌고 있을 보이저를 안타깝게 생각하며

가을 밤하늘에 빛나는 별 하나 선택해 바라보자.

만약 오늘 밤 가을 하늘 별을 바라보며 우는 남자를 내가 본다면 내 가슴이 아플지도 모른다.

손주의 졸업식

- 2021. 2. 28.

훤칠한 얼굴 사각모 쓴 손주
관악산 봄바람 아직은 찬데
사각모 귀퉁이 하얀 수술 흔드네

늠름한 모습 온 가족이 기뻐하네
대한민국 서울대 최고의 명문
컴퓨터공학과 IT 소리 전공
서울대 관악산 자락 앞마당
우리 손주의 꿈 온 세계에 펼쳐
모든 사람들이 행복해지는 일
우리 손주가 꼭 이루어주길
관악산 서울대 캠퍼스에서
졸업식 날 맘 속으로 기도 드렸네

친구

친구 어떻게 살고 있나요?
꽃바람 하늘 구름 억새 호수 석양
아침 이슬 가끔 찾아온 물 안개

예쁜 친구들이랑 살고 있지요.

친구는 정말 부자군요.

오리나무 숲 그대에게

조그맣고 가녀린 날 선택한 그대
뭐가 그리 바쁘다고 재촉한 걸음 오리나무 숲
54세 되던 4월 오리나무 숲으로 떠난 그대
벚꽃 피고지는 23년의 시간이 흘렀고
나도 갈대 머리처럼 흰 머리 휘날린다오
늦가을 오리나무 숲 단풍 바라보고 계신 거죠?
흰 눈 쌓인 고향 집 마당에 서성거리며
눈사람 만들던 삼남매 웃음소리 기억하고 계시나요
그토록 사랑하셨던 어머니의 얼굴도 떠올리시나요?
초겨울 오리나무 숲 그대가 너무 너무 궁금합니다.

책

누군가 말했다 노력을 이긴 재능은 없다고
자기 스스로 깨우치며 앞으로 나간다고
그런데 책 속에 삶의 폭을 넓히는 길이 있다
살면서 길이 보이지 않을 때 책 속엔
길을 안내하는 안내인이 꼭 나타난다

흙 공

지구는 흙으로 된 흙 공이라네
우주에서 바라보면 푸른 빛이
영롱한 초록 구슬 같은 별이라네

우리들은 초록 구슬 같은 흙 공에서
어느날 말도 없이 사라진다네
언제 어디서 무엇을 하다가 굴러갈지
흙 공에서 또르르 구르며
신도 막아줄 수 없는 아주 큰 힘이라네

호수

그리움 하나가 헤엄쳐 건너 가고 있다.

그리움 두 개가 뒤따라 풍덩 건너 간다.
호수 저편 그리움 셋은 만날 수 있을까?

파도와 바람

하루에도 몇 번씩 출렁이는 파도
내 마음의 파도 소리
바위도 소라도 갈매기도
늘 출렁이는 파도 소릴 듣지 못하네
어쩌다 바다바람 지나갈 때면
파도는 소리 내어 불러보았네.

바람아 내 소리가 들리니
출렁출렁 출렁이는 이 소리가
부드러운 바다 바람은 깜짝 놀라며
난 늘 네 소리에 귀 기울이고 있었지

그리움 아픔 절망 모두 잊게 해달라고
내가 널 위해 기도하는 이 소릴 듣게 해달라고

오늘도 이렇게 네 곁에서 맴돌게 해달라고
너의 출렁출렁임이 언제 멈출지 모르지만

난 널 위해 기도하는 바람으로 기억해줘.

비

숲속에 내리는 빗방울 소리
초록잎을 두들기는 소리가
너무 멋진 바리톤 소리다

청바지에 흰 셔츠 입고
모닝 커피 끓이는 뒷모습
오리나무 숲으로 간 그대 목소리다

오리나무 숲으로 간 그대에게

조만수 시집

세그루

봄

봄

봄은 개울가 징검다리 건너서
천천히 오고 있겠지?

버들강아지 솜털 봉오리 위로
살그머니 내려 앉겠지

너울 너울 춤추며 청보리 밭을
지나오고 있겠지?

침개상투針芥相投

오늘 아침 출근 길에 조용히 “침개상투”라는 단어를 떠올렸다.

“침개상투”라는 단어의 뜻은 이 세상에서 제일 작은 씨앗이

겨자씨인데 땅 위에 있는 그 조그만 겨자씨에

하늘의 가장 꼭대기에서 바늘을 떨어뜨려 겨자씨에 정확하게 꽂힌다는 뜻이다.

살아 오면서 내가 맺었던 소중한 인연들을 하나씩 떠올렸다.

“부부” “직장 동료” “형제자매” “부모” 함께 했던 순간들을 뒤돌아본다.

5년간 열심히 모아 논과 밭 그리고 대지 520평의 집과 텃밭 소 세마리까지 사드리고

우린 다시 맨 몸으로 시작해야 했다. 시어머님은 45세 막내 시누이가 돌 지난 두 살 애기.

무슨 용기로 여동생 여섯과 남동생이 하나 있는 8남매의 가난한 맏이를 선택했는지

나는 부모님의 반대를 무시하고 사랑함으로 허락해 주시라

고 끝까지 고집을 피웠다.

내가 얼마나 어리석은 철부지였는지 친정어머니께 나이 들어 죄송한 맘을 갖게 되었다.

“당신은 백합같은 여자”라며 현관에서 장승처럼 술 취한 모습으로

서 있던 그가 2000년 4월 벚꽃이 필 무렵 54세 그는 고향의 오리나무 숲으로 떠나갔다.

출장 중 사고로 한마디 말도 없이 떠나갔다.

“침개상투” 그는 바늘이었고 나는 아주 작은 겨자씨!

하늘 맨 꼭대기에서 겨자씨인 나에게 꽂혔고

인연으로 나에게 다가왔을 바늘과 겨자 씨를 생각하며 그가 가고 없는 빈 자리를

오늘도 나는 삼남매의 엄마로 책임을 다하려고 오늘도 씩씩하게 지키고 있다.

벚꽃 피는 봄밤에 이별하다

그는 벚꽃이 피는 봄밤에 사라졌다.
밤새 빈소를 지키며 울던 나는
빈소 밖으로 나왔다.
4월 11일 봄밤 병원 울타리 벚꽃들이
봄바람에 눈꽃처럼 흩날리고 있었다.
나는 쪼그리고 앉아 흩어지는 벚꽃을 바라본다
너희들도 이별하고 있구나! 나처럼.

별

사무치게 그리워해 본 적이 있는 사람에게
초가을 저녁 바람에 스친 별들을 밤새도록
바라볼 수 있는 자격을 드립니다.

사갑 날(돌아가신 분들의 환갑)

그가 오리나무 숲으로 떠나간 지가 17년 되는 4월 그가 61세다.

54세에 자연과 환경 주식회사 이사로 출장 중 무주에서 교통사고로 떠났다.

나는 두 딸과 사위 손주 손녀 아들 모두 모여 생전에 환갑처럼 지냈다.

좋아하던 음식 꽃바구니도 만들고 잔치상처럼 차렸다.

그가 떠날 때 없었던 막내 사위와 두 손녀들 여섯 살이던 손주는 대학생

식구들 모두가 차례로 술잔을 올리고 그를 추모했다.

모두가 떠난 후 나는 피곤하여 낮잠을 잤는데 17년 만에 꿈속에서

그는 안방 한가운데 서서 나를 두 팔로 포근하게 감싸주었다.

민들레

봄빛 내리쬐는 돌담길 돌아
파아란 쪽대문 너희집 언덕

노오란 민들레꽃 한송이로
오늘도 내일도 기다릴게

서 있을게

바람에게 묻는다

오리나무 숲 언덕에 핀 들국화
그 노랑 꽃망울들 보고 왔나요?
꽃망울에 내린 이슬방울도 보았나요?

키 작은 빨강 단풍잎 흔들어 보았나요?
갈대 흰 머리도 쓰다듬고 왔나요?
구절초 보라 얼굴에 뽀뽀도 했나요?

박꽃

그는 날 보고 박꽃이라 했다
달밤 초가 지붕에 홀로 핀
새 하얀 박꽃이란다

하필 박꽃이라 했는지
수많은 예쁜 꽃을 두고도

오리나무 숲으로 간 그에게
지금은 따져 물을 수도 없다

벚꽃이 필 무렵

너와 이별하던 4월은
온통 벚꽃 천지였다.
여기 저기 벚꽃 터널을 지나서
고향으로 가는 길엔
금강을 낀 공주산성이
차창 밖으로 멀리 스쳐 지나갔다
처음 우리가 산책했던 곳
신기하게도 그이와 내가 지나갔다
벚꽃 터널을 이룬 신작로
벚꽃은 우리가
이별하는걸 아는지 모르는지
화사하기만 했다.

석류

밤새 누굴 그리다
갈라지는 아픔을 겪었을까
알알이 내 가슴앓이를 닮은 너
비바람 몰아치는 그믐밤
별이 되어 몽땅 쏟아져 내리렴

오리나무 숲으로 간 그대에게

조만수 시집

네그루

소확행

소확행

늦가을 들녘에서 노란 들국화 꽃내음
가을 바람에 실려와 내 품에 안길 때

나이 칠순에 배운 피아노 소녀의 기도와
엘리제를 위하여를 치고 있을 때

내가 그린 꽃송이 갖가지 색실로 수를 놓아
며느리에게 줄 실크 보자기 완성했을 때

낙엽이 지는 늦가을 오후 커피 한잔 들고
가을 햇살이 빨강 단풍잎에 내려 앉을 때

나는 늘 감사한 맘으로 소확행을 잡는다

아버지

어느 시인이 구십이 넘은 아버지의 발톱을
봄 논두렁 다지듯 깎아 드렸다는데
난 아버지의 발톱을 본적도 만져 보지도 못했다

일곱 살 되던 해 음력 삼월 진달래 꽃봉오리가 터질 무렵
우리 아버진 꽃상여를 타고 동네 골목길로 내려가셨다
우리 집은 동네 뒷산 자락 마당 끝에 서면
온동네 골목 훤하게 내려다 볼 수 있었다

44세 울 아버진 젊은 아내와 일곱 살 네 살 어린 남매
남겨두고 봄빛을 가르며 꽃상여를 타셨다
알록 달록 꽃상여를 하염없이 바라만 보았던
나의 어릴적 그 기억은 지금도 눈물이 핑 돈다

봄날 논두렁 다지듯 아버지의 발톱을 매만져 드렸다는
그 시인이 너무 너무 부럽다

빨강 장미

일흔 다섯 송이 빨강 장미를 들고 검정 코트를 입은 그가
환하게 웃으면서 나에게 성큼 성큼 걸어 오고 있었다.
나는 그를 향해 내달렸다.
빨강 장미 일흔 다섯 송이를 안기고 말도 없이 사라졌다.

꿈이었다. 오리나무 숲에서 잠자고 있는 왕자님이다.

달항아리 1

보름달 같은 둥근 달항아리
대나무 숲이 그려져 있다
자세히 보아야 대나무 잎과 줄기를
알아차릴 수 있는 달항아리
딸이 떠난 빈 방 탁자 위에 올려놓고
한가위 보름달처럼 살아가라고 맘 속으로
기도하며 그리울 땐 두 손으로 감싸던 달항아리

달항아리 2

몇천 도의 불기운 온몸으로 감싸 안을 때
정신 줄 붙잡고 태어난 푸른 달빛 항아리
쓰다듬고 쓰다듬은 도공의 거친 손길은
대나무 숲에 숨은 바람을 데리고 왔다
달항아리 속엔 대숲 바람과 푸른 달빛만 가득하다
내 마음 항아리도 그렇다

달항아리 3

터무니 없는 욕심과 미움 원망도 항아리가
넘치도록 매일매일 담았다.
달항아리 거꾸로 들고 담은 것 모두 모두 쏟았다.
사그락 사그락 대나무 잎 흔드는
대숲 바람과 환한 달빛만 가득하다.

만배 정원을 꿈꾸다

장미정원 북해도에서 만난 라벤다정원 수국 튤립 토종 들꽃

집앞 논에 연못 만들기 창포 보라색과 노랑색 심기 수련 띄우기

창배 정자 만들기 연못 가운데 둥근 아치 다리 만들기

집은 흰색과 쪽빛 지붕 마당엔 장미 터널 그리고 잔디 심기

야외 공연장 만들기 누구라도 와서 공연 할 수 있도록

주차장은 길 건너 밭과 논 사서 만들기다

봄 여름 가을 겨울 철 따라 온갖 꽃이 흐드러지게 피고 지는 정원

우리가 지구에서 완전히 사라질 때 사회에 내가 나누어 주고

떠날 일이 만배 정원이다. 만배로 사람들에게 희망을 북돋아 주는 장소

용기와 희망을 품고 모든 사람들이 쉬다가 갈수 있는 만배 정원이다

만추

늦가을 나무 가지에 대롱대롱 매달린 이슬방울들
아침 햇살에 모두 사라지겠지?

어느날 나도 그리고 나도 이슬방울이 되겠지…

말빚

제대로 들어야 제대로 말 할 수 있다고
사람들은 제대로 듣지 않는다.
저 사람 말 끝나면 내가 뭘 말하지?
말하는 이에 집중하지 않는다.
누가 내 말에 귀 기울이고 집중해주면
순간 감사하며 맘이 열린다.

널 위해 말인데라기보다 상대방의 말에
귀 기울이는게 좋다. 말이 씨가 되고 열매가 되어
삶까지 바꾸어 욱하지 않으려면 잘 들어야 한다.

말빚을 안 지으려면 이런 말을 들으면 저 사람은 어떨까?
한번쯤 생각하며 상대방에게 말하기다.
말의 힘이 배려에서 시작되는 걸 알아야 한다. 누구나 다.

목도리 1

친구! 오랜만이야
C 친구 아들 결혼식에 친구 모습 보고 난 반가웠는데
먼저 자리를 떠서 이야기도 못 나누고 왔었네
친구랑 대화 이후 나는 조용히 앞만 보고 달려왔어
뒤처지지 않으려고 노력하면서…
아직도 꽁하고 있나본데 이젠 풀고 예전처럼
지냈으면 좋겠어
좀 더 이성적으로 돌아가자고, 서로 잘못한 것도 없는데
나는 너랑 대화하는 동안도 죄를 짓고 있는 기분이었다고
널 좋아할 수록 내 맘속엔 늘 죄 짓는 기분이었다고
근데 친구야 시간이 흐르고 내가 뒤돌아 보니
친구가 나에게 주었던 사랑이 얼마나 소중했었는지 이제서
그 추억을 하나씩 꺼내면서 고맙고 감사한 생각이야
친구가 준 겨울 목도리 친구가 위로하며 감싸준 그 목도리
아직도 친구를 본 듯 간직하고 있다고
이 가을 아프지 말고 그때 그 모습으로 건강하길!

묘비명

미국으로 이민 간 내 친구가 묘비명에 쓴
글귀를 보냈다. 평생 천주교 합창단에
지휘자로 봉사했던 내 친구의 남편은
75세에 영면하셨다. 이역만리 미국 땅에
"영원히 기억할게요. 그립습니다."
묘비명을 남기고 가셨다. 시리다 맘이.

오리나무 숲으로 간 그대에게

조만수 시집

다섯그루

11월

11월

5월은 엄마 생각으로 가득했다.
선하고 말 잘 듣는 딸도 아니고 말이 없는 딸
살가운 표현도 한 적 없고 속맘을 보인 적도
없는 목 메달 같은 딸이었다.
팔남매에 가난한 맏이 선택한 나를 말리셨지만
사랑함으로 결혼하겠다고 고집피우며
엄마 속을 잿더미로 만들었던 나였다.
11월 어느날 눈도 못뜨시며 간신히 나에게
"잘 살아라" 한마디 하시고 떠나셨다.
11월은 엄마의 마지막 말이 단풍처럼
내 맘 속에 한잎두잎 떨어져 내린다.

Hill house

네모난 테이블 분홍색 사각보
목이 긴 크리스탈 유리병에 한 송이 장미
새하얀 삼각 잔에 마티니 한잔
Take me home country Road
죤 댄버의 목소리가 흐르고
그대와 나 마주 앉아 유리창 밖
5월의 푸르름 바라보았네
소리없이 흘러가는 저 강물은
애틋한 우리 사랑 알까 모를까?

가을새

행복을 향해 날고 있는 새가 되려고
단풍숲을 향해 날아가고 있다
날갯짓을 힘차게 하며 날아갈 수만 있다면
얼마나 좋을까? 가을새 날갯짓에 곱게 물든
단풍잎이 날아오른다. 단풍잎 위에 행복을 싣고서
가을새 한 마리도 멀리 멀리 날아오른다

갈대

11월 순천만에 갔다.
온통 푸르렀던 갈대 잎은
황금빛 옷으로 갈아입고
여름에도 하얗던 갈대 머리는
황금빛 옷에 늘어진 은발이다.
은발 갈대 머리가 휘날린다.
바람에 휘날리는 모습은
한 사람의 삶이 담긴 모습이었다.
나도 갈대와 같이 황금 삼베옷 입고
은발 머리 모습으로 어느날
오리나무 숲으로 떠나가리라.

고궁 소나무

오랜 세월 고궁 처마 끝
묵묵히 올려다보며
수 많은 얘길 간직한 너
봄 여름 가을 겨울
늘 푸른 모습으로 말이 없구나
한 많은 어느 궁녀
슬픈 모습 그리며
오늘도 고궁 모퉁이
겨울바람
홀로 맞고 있구나

결혼기념일

오랫동안 새 달력에 빨강색 동그라미를 선명하게 그렸지만 그는 빨강색 동그라미의 의미를 한번도 기억하질 못했다.

해마다 12월 말이면 거래상 거절 못할 술!

(멀고 가까움에 상관 없이 탁주건 청주건 술만 있음 뛰어감)

12월 30일이 결혼기념일인 우리 부부는 늘 연말 모임 술 때문에 결혼기념일을 그냥 지나쳐 버렸다.

10년 전 일이다. 그날 따라 일찍 들어 오겠다고 전화까지 한 그일 위해 빨강색 촛불까지 준비 해놓고 기다리고 있는데 밤 11시가 넘어 늦게 큰 사건까지 가지고 들어왔다.

구겨진 와이셔츠 옆구리에 선명하게 찍혀진 분홍색 입술 자국이었다.

"아니! 무슨 여자가 옆구리에다 입을 맞추어 보내냐?"며

"그 여자 키가 당신 옆구리까지 밖에 못오는 여자냐?"고

앙알대는 나에게 남편은 이상하다며

"당신 키도 결혼하고 보니 5센티 짜리 구두 굽에 속았는데 애인까지 옆구리밖에 못오는 여자 구할까?" 보냐며 한 술 더 뜬다.

입술 자국에 대한 분명한 답변이 나오기까지 별거하겠다며 장미전쟁

(영화 : 부부가 싸우다 결국 죽음으로 치달음)으로 몰고 갔다.

술좌석에서 부장님 좀 잘 모시라고 그이 옆에 다소곳하게 앉아 있는 술집 여종업원을 직원들이 밀어부치는 바람에 점잖게 앉아 있는 남편의 옆구리에 얼굴을 들이 댔다나?

김과장의 표현으로는 푹 쑤셔 박았음. 죄송하다는 김과장의 전화로 건너방 별거는 쉽게 끝났다.

우리 부부는 결혼기념일 챙기는 일은 늘 순조롭지가 못했다.

이제 두 아이가 대학교에 갔고 우리 부부는 부러진 백살을 맞이 했다.

밤 늦게 술이 거나하게 취한 그는 신발을 신은 채로 현관문 앞에서 뭘 부시럭 거리며 꺼냈다. 희고 깨끗한 목이 부러진 채 고개를 수그린 백합 한 송이였다.

한겨울에 그 비싼 꽃을 양복 안주머니에 쑤셔 넣고 목까지 부러뜨려 가지고 오는지 별난 사람이라고 생각하는 순간

"젊은이도 아닌 주제에 전철역에서 백합 한 송이를 들고 서 있었더니 온갖 사람들이 힐끗 쳐다 보기에 아예 양복 안주머니에 넣었더니 목이 부러질 수 밖에 없었다고…"

"당신은 늘 지금도 백합 같은 여자"

라는 아부성 발언과 목이 부러진 백합 한 송이로 결혼 22년 만에 처음으로

나를 감동시켰다.

눈오는 날 아침

내가 늘 원한 건 빨강 기와지붕에 대청마루가 있고 뒤란엔 참새 떼가 날아와 소란스럽게 저녁 시간 재잘댈 수 있는 대나무 숲과 배추와무우 한 떼기 심을 텃밭과 호박넝쿨과 향기가 좋은 더덕넝쿨도 올릴 수 있는 돌담이 있는 그런 집이면 좋겠다고 늘 생각했다.

아침이슬 맺힌 울타리 호박을 따고 텃밭에 상추도 깻잎도 따는 상상을 하면 맘이 흐뭇했다. 가을 내내 노랑 보라 자주색 국화가 늦가을까지 피는 마당 넓은 집을 생각했다.

하얀 창호지에 풀칠하여 가을 햇살에 잘 말린 문풍지가 달린 문짝엔 국화 꽃잎과 잎사귀를 수 놓듯 올려 놓고 잘 마른 새하얀 문짝을 달아 놓고 미소 짓는 그이와 내 모습을 늘 상상했었다.

흰머리 듬성듬성한 그이와 내가 군고구마 구워 놓고 주름이 깊게 패인 얼굴을 마주 보며 서로의 모습을 지그시 바라보는 작은 소망이었다.

2000년 4월 출장 중 사고로 그는 갑자기 고향 아미산 오리나무 숲으로 떠났다 그가 있는 오리나무숲 언덕엔 22년째 겨울 바람 맞으며 내가 올 날을 기다리고 있다.

눈 덮인 텅 빈 들녘 동구밖에 서서 그는 목을 빼고 기다리고 있을까? 54세로 멈춘 그가 눈 오는 날 아침 그립다. 어디서 무엇이 되어 날 기다리고 있는지? 눈이 내리는 날 아침 너무너무 그립고 궁금하다.

꽃짐을 진 당나귀

내가 당나귀가 된 것은 올해 20년이 되었다.
내가 당나귀가 된 이유는 기가 막혀서 떠올리고 싶지도 않다.
아이들 셋 그리고 기력이 다하신 시부모님 남겨두고 팔남매의
장남인 그는 갑자기 오리나무 숲 언덕으로 떠나갔다.
2000년 4월 벚꽃이 필 무렵 그는 출장 중 사고로 갔다.

그가 간 빈자리는 늘 화탕지옥 아수라를 드나들며 바닥으로
끝도 없이 곤두박질쳤다.
나는 전생 금생을 꺼내어 빨강 파랑 색칠까지 하며 발가벗고
화탕지옥에서 살갗이 녹아지라 춤을 추었다. 그렇게 지쳐가던 날
등에 꽃짐을 짊어진 당나귀 한 마리가 스쳤다.
내가 짊어진 짐은 당나귀 등에 짊어진 꽃짐이라 생각하니 아수라
화탕지옥에서 춤추던 내가 순간 빠져 나왔다.

푸른 달빛 아래 사랑방 초가지붕에 홀로 핀 새하얀 박꽃을 마당
한가운데 서서 우두커니 바라보고 서 있다.
꽃짐을 잔뜩 짊어진 당나귀 한 마리가…

너에게

또 만나자
사랑해
보고 싶다
늘 이 세마디 말을
너에게 하고 싶었다.

내가 불쌍한 날

사랑은 눈으로 들어온다고
사람이 죽기 전 알아야 할 것은
오직 술이며 술잔을 입에 대고
너를 바라보며 눈물을 글썽이고
있다는 시를 쓴 윌리엄 버틀러 예이츠

술잔을 입에 대고 눈물을 글썽이며
바라볼 그대가 없는 내가 불쌍하다
겨울바람 홀로 맞으며 봄을 기다리는
앙상한 나목처럼 오늘은 내가 불쌍하다

여섯그루

섬

섬

섬 안에 어떤 나무와 꽃이
해마다 무슨 이유로 피고 지는지
내 맘의 섬은 잘 알고 있다

섬 속엔 무지개 빛 별꽃들이 피고 지고
봄 여름 가을 겨울 쉬지 않고 피고 진다
그 섬이 사라질 때까지 피고 또 진다

응급실

겨울옷 만들 때 하얀색 털실 굵기
코와 얼굴에 얼기 설기 내려져 있고
손등엔 주사 바늘 깊숙이 꽂혀 있다
가쁘게 내뿜는 숨 소리와 신음 소리

응급실엔 죽음과 마주친 사람들이
살기 위한 결투를 하느라
여기저기 신음 소리 가득하다

눈 떠 보세요 이름은요 간호사 말소리
숨이 멈출 듯 그렁 그렁 환자의 숨소리

여기 저기 환자들은 생사의 갈림길에서
장검을 들고 살기 위해 죽음과 결투를 벌인다

늦가을

돌담 모퉁이에 쌓인 낙엽들이
가을 바람에 날아 오를 때
된 서리에 고개 떨군 노란 국화 송이도
짧은 가을 햇살에 길어진 나의 그림자도
하루 종일 쓸쓸하고 서럽다

그런 사람

사립문 함께 열고 닫을 사람
늦가을 꽃과 단풍길 함께 걷고

눈 쌓인 오솔길 걸어가다가
갑자기 둘이서 눈사람 만들고
맘 놓고 큰 소리로 웃을 수 있는
그런 사람 있으면 참 좋겠다

조약돌

어느 산골짜기에서 떠내려왔는지
숲속 계곡물 소리 들으며 갈고 닦은
둥근 네 모습은 우주를 품었구나

수천 수만년 구르고 굴러
원만한 성품 모두 갖추고
뾰족하고 모난 곳 없는 텅 빈 마음으로
바닷가 모래톱에 멈추었구나

삼라만상 다 품은듯 둥굴둥굴
바다 같은 맘 배워야 한다며
온종일 푸른 바다 곁에 누워 있구나!

별빛

당신은 나의 모든 걸 가져갔어요
죽을 것만 같은 시간들 숨조차 멈출듯
난 아파요 죽을 것처럼 매일 매일

그리움은 별이 되어 먼 하늘 나라에
수 많은 별빛은 나를 향해 쏟아지고
그래도 꼭 견디라고 견뎌내라고
계절마다 보내는 위로의 별빛들

봄날에

봄날 따스한 햇살에 실려옵니다
그래서 온종일 봄을 기다립니다
돌아올 수 없는 그대가 봄마다
벚꽃으로 돌아오기 때문입니다

엎어진 년

2022년 1월 18일 수요일은 무척 힘들었다
설 3일 남겨 놓고 거실 전등 8개
부엌 전등 4개가 동시에 고장났다
그 뿐 아니라 부엌 수전도 삭아서 물을 틀 수가 없었다
전날 밤새 내린 눈으로 길은 미끄럽고
겨울 찬바람은 얼굴을 냅다 치듯이 아프다.
15분을 걸어가서 전등과 수도꼭지를 사서 들고 오는데
팔과 어깨가 나에게 화를 냈다. 아프다고…

오늘은 내가 완전히 빙판길에 엎어진 년이다

며느리

며느리의 자리를 모두 내려 놓는 순간이 되다.
그를 너무 사랑하셨던 분들이 지구상에서 영원히
사라지셨다고 생각하니 왜 이렇게 마음이 허전한지…,
되돌아 보니 잘못했던 일들이 떠오르고
이렇게 쉽게 부모의 인연을 내려 놓으시니
가슴이 메이고 저려오다…,
새벽부터 내린 눈으로 영면하실 곳까지 가시려면
눈길을 어떻게 뚫고 가나 마음은 초조하기만
가시는 분의 마음인지 온 세상이 하얗네
가슴이 이렇게 아리고 아픈 것을
삽으로 흙을 세번 마지막 올려드리고
죄송합니다 아버님! 수십 번 되뇌이니
눈물만 쏟아지네

2008. 1. 19.(아버님이 소천 하신 날)

오리나무 숲으로 간 그대에게

조만수 시집

부록

사진 시

능소화
조만수
주황색 나팔을
불어댄다.온종일.
담장넘어 골목
돌계단 아래까지
들리라고.
첫사랑을 찾는다고
온종일 나팔을 분다.

오월을 보내며
조만수
5월이 떠난다 하네
꽃과 푸르름 몽땅
두고 가나 떠남도
아니라 하네

민들레
조만수
나 여기 있어요
노랑옷 입고
웃는 얼굴로
그대를 기다립니다

구름

조만수

쪽빛 하늘에 구름 한송이
운동회날 엄마가 사주신
솜사탕 이다

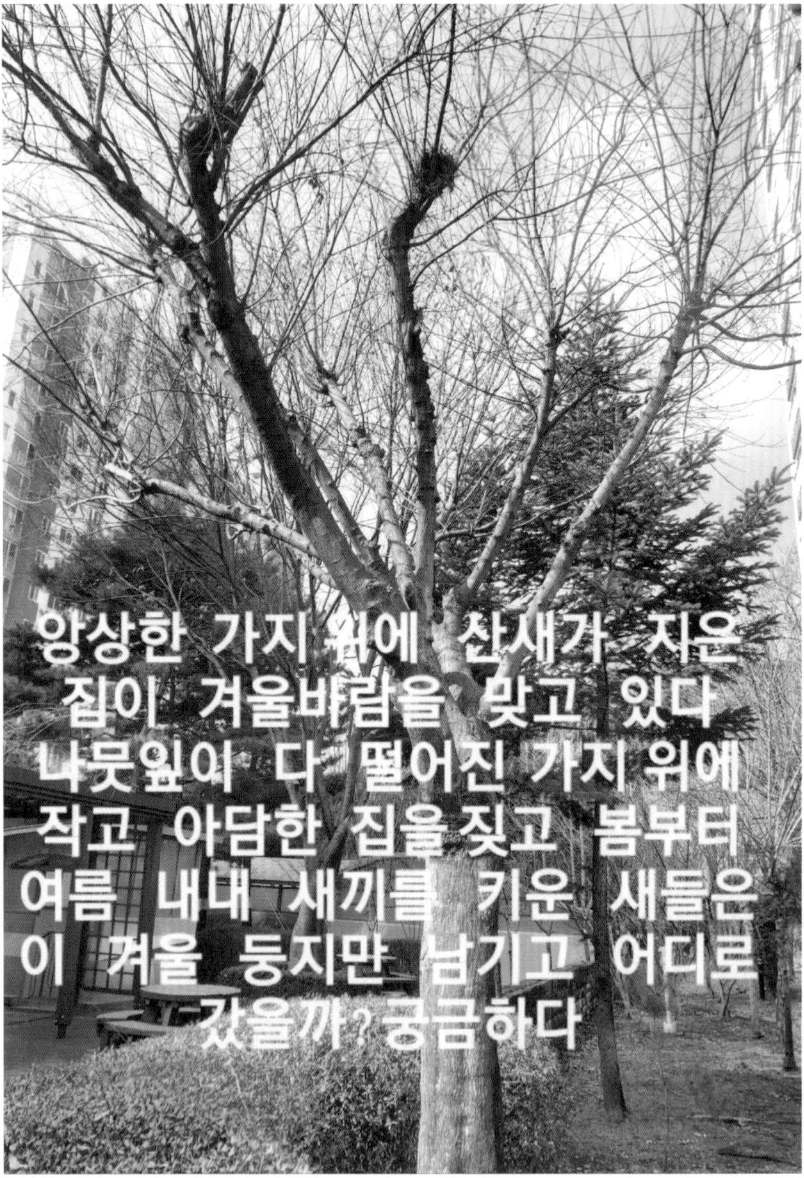
앙상한 가지 위에 산새가 지은
집이 겨울바람을 맞고 있다
나뭇잎이 다 떨어진 가지 위에
작고 아담한 집을짖고 봄부터
여름 내내 새끼를 키운 새들은
이 겨울 둥지만 남기고 어디로
갔을까? 궁금하다

엄마
5월은 늘 엄마 생각으로
착하고 말 잘 듣는 딸이 아니었음을 한달 내내 반성하던
달인데
단풍이 떨어진 길을 걸으며 오랫동안 곁에 남아 있을 줄
알았던 엄마도 11월에 떠나셨다
나에게 남긴 말 간신이 소리내어 잘 살아라 였다
잘 살고 있는지 11월이 되니 엄마가 들려준 마지막 말이
떠오른다
내가 정말 잘 살고 있는지?
점검해야겠다

사랑은 커피잔 속에서
시작 되었습니다

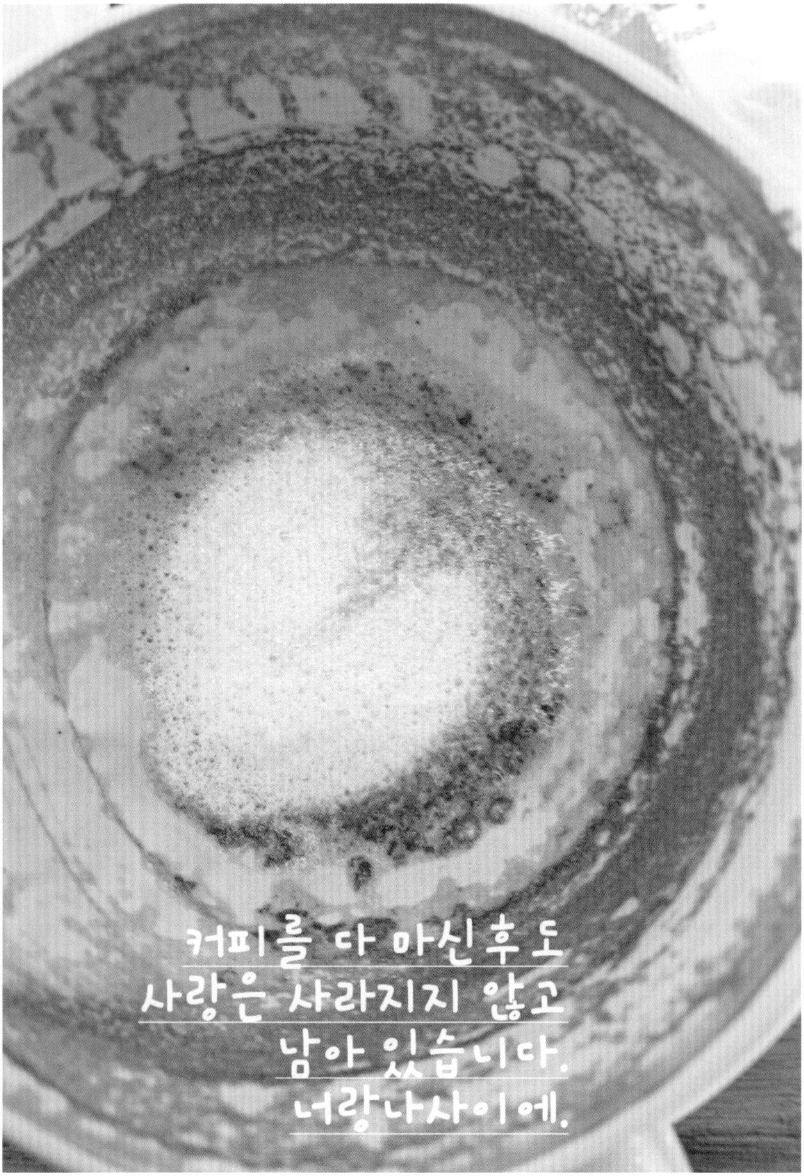
커피를 다 마신후도
사랑은 사라지지 않고
남아 있습니다.
너랑나사이에.

밤새 온 몸을 던져 꽃잎은
꽃길을 만들었습니다
이 꽃잎처럼 사라질 수
있을까? 나도~~
만수

기도
말빛도 없고 배려심 있는 선한
사람의 책갈피 속에 머무르라고
산책중 만난 단풍잎에게 기도했다

낙엽
조만수
멀리서 바라보니 별이 떨어졌다
뛰어가서 보니 아기 단풍잎
내 맘속엔 떨어진 별로 담다

너무 욕심이 많아
누구 주려고?
햇님 바람 에게
모두 나누어
주려고?

그대 방문 앞에서 기웃거리며
온종일 기다립니다.
문이 열릴즘엔 장미 향으로
껴안으려 합니다

며느리에게 줄 보자기
완성

<해설>

오리나무 숲이 남기고 간 사랑의 흔적

김명수

(시인, 효학박사, 충남문인협회 회장)

〈해설〉

오리나무 숲이 남기고 간 사랑의 흔적

김명수(시인, 효학박사, 충남문인협회 회장)

1. 들어가며

우리나라에 근대 문명이 들어오면서 뚜렷하게 변화된 것 중의 하나가 여성해방이었다. 이는 유교사상이 젖어 조선시대에는 여성에게 족보에 이름도 못올리게 했고 글을 배우는 것은 엄두도 못 냈다. 이보다 더욱 슬프고 아픈 것은 조선 초기, 중기에는 어쩌다 여자가 어린 나이에 시집을 가서 불행하게도 남편이 병이나 사고로 일찍 죽게 되면 여자도 따라 죽어야 했고 아니면 뒷방에 숨어 평생 수절 과부로 살아야 했다. 그러면서 삼 년간 죽은 남편에게 아침, 저녁 제상을 올려야 했고 지역에 따라서는 남편 잡아먹은 년이란 험한 소리를 들어가면서 시부모를 공양하며 살게 했다. 여자가 남편을 따라 죽으면 열녀라 해서 나라에서 열녀문을 세워 주고 열녀비를 세워 주고 고을에서 칭송하고 그런 장치를 통해 여자들을 더 꼼짝하지 못하게 했다. 이런 열녀문, 열녀비는 옥천, 장수, 정읍, 구례, 괴산, 상주, 합천, 밀양 등 전국 각지에 아직도 그 흔적들이 많이 남아 있다. 그렇다면 그렇게 산 그 여성들은 과연 행복했을까? 생각할수록 답답하고 속상한 삶의 하나가 아닐까 하는 생각이 든다. 그런 와중에서도 여자가 글을 배우고 시를 짓고 이야기책을 만든 여성들이 있었으니 이것은 기적 같은 일이고 온 여성들이 박수를 보내고 그 거룩한 뜻과 행위에 대하여 두고두고 본받고 칭송해야 되지 않을까 생각이 든다.

그런 가운데 조선에 두 사람의 여류 문인이 혜성처럼 나타나 지금까지도 많은 사람이 그 사람들을 작품을 읽고 극찬하고 있으니, 그 사람 중 하나가 바로 허균의 누이동생 허난설헌이요, 또 한사람은 충남 홍성군 결성의 바닷가 마을에서 태어나 대전의 은진 송씨 집안으로 시집온 김호연재이다. 지금도 송촌동 동춘당에 가면 그가 시집와 살던 집이 있고 그의 삶을 들여다보고 그의 시를 읽고 감상하고 당시 사회적 분위기도 추정하여 알수 있도록 많은 시설과 자료들이 있다. 당시의 사회적 분위기가 여자가 글을 배우기 힘든 것은 물로 이름도 제대로 갖기 어려운 시대였음에도 두 여성은 이름은 물론 글을 배워 시를 지을 정도였으니 대단한 일이 아닐 수 없다고 하겠다.

당시 여자가 글을 배우고 시를 지어 남긴다는 것에 위축감을 느낀 허난설헌의 그 좋은 시를 쓰고도 불로 태우고 버리는 것을 안타깝게 여긴 오빠 허균은 그 시를 읽고 외워 빨리 옮겨 써 놓아 그 유작을 남긴 오늘에 이르게 했으니 이는 참 대단한 일이 아닐 수 없다.

근대에 들어와 해방과 더불어 여성 문학이 대두되기 시작함에 그 선두를 달리기 시작한 것이 모윤숙이고, 뒤를 이어 노천명과 김일엽이 많은 평론가로부터 인정을 받는 여성 문학인으로서의 자리매김을 하기 시작했다. 당시 가부장제도와 남성우위의 사회에서 여성들이 글로 자리 잡는 것은 쉬운 일이 아니었지만, 그럼에도 나혜석이나 김일엽 같은 이들이 용기를 내어 활발하게 글을 썼고 그 뒤를 백국희, 장성남, 백신애 같은 여성 시인들이 여성문학의 영역을 넓히는데 큰 공을 세웠다는 것은 의미 있는 일이 아닐 수 없다. 그 이후엔 김남조 시인이나 박경리, 허영자, 신달자 등 수 없이 많은 여성문인이 나타났고 지금은 오히려 남성보다 여성문인들이 더 많이 나타나면서 여성문인 전성시대가 되었다해도 과언이 아니다.

이런 상황 속에서 몇 해 전 조만수 시인이 옥천을 찾은 일이 있었다. 사람들이 만나면 그동안 살아온 삶의 이모저모를 들여다보고 나누었는데, 장하게 살아온 지난 시간의 이야기를 하는 동안 틈틈이 문학소녀로서의 추억과 흔적들이 있기에 그들을 애인으로 삼고 그 작은 싹들을 감추고 아껴온 꺼리들을 꺼내어 내 옷으로 만들어 입을 것을 권했다. 참 쉽지 않은 일이었지만 다시 몇 해가 지나고 모아진 작품들을 보내주기에 꼼꼼히 읽어보면서 아팠던 시간을 아무도 모르게 잘 견디면서 살아온 흔적들이 작품 속에 면면이 나와 있는 것을 발견했다. 이 정도의 수준이면 우리 충남문학의 신인상에 응모해도 충분히 될 것 같아 권유를 했고, 그 결과 '조만수'라는 사람이 시인으로 다시 변화되는 순간을 맞이하게 된 것이다. 신인상을 받아 정식으로 문단에 데뷔하게 되는 조만수 시인을 함께한 많은 회원과 가족, 친지들이 마음껏 축하해 주었다. 인간은 수없이 변하고 발전하고 또 다른 무엇인가를 위해서 끊임없이 노력하는 존재다. 그럴 때 더 삶의 가치가 있다고 생각하기에 조금 늦게 시작했지만, 더 열심히 시 창작에 열중한다면 더 좋은 글을 우리에게 선물할 것이란 것에 대해 의심치 않는다.

시를 써서 나의 세계를 새롭게 인식하고 인간의 본질적인 문제를 좀 더 깊이 들여다보려고 노력하는 것은 자기 성찰이고 자신을 한 단계 업그레이드시키는 일의 하나라고 본다. 따라서 오랫동안 살아오면서 부딪힌 모든 일과 대상들을 그냥 지나치지 않고 다시 한번 생각하고 음미하고 표출시켜 좋은 시로 만들어 간다는 것은 자신이 처한 현실을 극복하려는 의지를 시속에 내포시키는 것이다. 조 시인이 나이 오십의 초입에 사랑하는 사람을 잃고 아이들을 키우면서 이를 극복해나가는 과정과 그 사람과 만난 시점에서부터 결혼, 결혼 후 그리고 그 사람이 떠나고 난 뒤 다시 지금까지의 삶 속에 녹이 있는 진솔한 이야기들을 하나하나의 작품 속에 녹여 놓음을 써 자신이 살아온 삶이 결코 헛된 것이 아니었다는 것을 깊게 항변하는 과정들이 읽는 이의 마음을 울리고 있다. 그리하여 필자는 독자들과 함께 조 시인이 살아온 삶의 과정 속을 함께 탐색해보고자 한다.

2. 내면의 절규를 시로 승화시킨 시간들

조 시인은 책머리에서 뭉크가 내면의 절규를 그림으로 나타내었다고 말하며 이 시의 첫 장을 열어가고 있다. 마찬가지로 자신도 뭉크가 말한 대로 내면의 절규를 한 편, 한 편의 시로 승화시켜 나가는 모습들을 차례로 보여 주고 있다. 누구나 삶을 살아가는데 어렵고 힘든 부분들 외롭고 슬픈 순간들을 어떻게 극복하느냐에 따라 또 다른 삶의 맛을 볼 수 있기 때문이다.

> 내 방 한쪽 벽엔 결혼 사진이 걸려 있다.
> 속상한 일이 있을 때나 기쁜 일이 있을 때도
> 나는 수시로 그 벽에 이마를 대고 말하곤 했다.
> 어쩌지? 잘될거라고 말해 주길! 내려다 보고 있지?
> 손주가 서울대 입학했어요 손녀도 입학했고요
> 졸업했어요. 수시로 나는 말을 걸었다 통곡의 벽에다
> 이만 하면 내가 책임을 잘 완수하고 있는거죠?
> 그곳에서 내려다 보고 날 응원하고 계시죠?
> 그리고 내가 잘 해내고 있는 것도 맞나요?
> 기쁜 일도 속상한 일도 모두 사진이 걸려 있는 벽에
> 이마를 대고 때론 통곡도 하고 말도 건다
> 23년이 되었다. 이젠 나이 들어 늙은 이마를 댄다
> 조용히 잠자듯 오리나무 숲으로 떠날 수 있게 해달라고…,
> 나는 늘 말을 걸고 있다. 통곡의 벽에…

-「통곡의 벽」 전문

처음 시작한 이 시속에서 시인은 23년 동안 통곡의 벽에 자신이 처한 순간순간과 부닥친 일들을 하나씩 해결할 때마다 스스로 자문자답을 통하여 위안을 얻는 과정이 엿보인다. 물론 통곡의 벽 속에 있는 사람은 사랑하는 그분이다. 시인은 언제나 그 속에 그가 있다고 믿기에 그가 들으라고 그리고 이렇게 처한 현실을 알라고 어려움이 있으니 해결해달라고 기쁜 일이 있으니 함께 기뻐하자고 알려 주고 있다. 그는 보이지 않지만 언제나 통곡의 벽 속에 존재하며 언제나 보이지 않는 힘을 보내주고 있고 언제나 내 편에서 나를 응원하고 우리 아이들을 응원하고 또 나를 칭찬할 것이라고 믿고 있는 것이다. 거기서 용기를 내고 자신감을 갖고 또 다른 문제들을 하나씩 둘씩 해결해 나가는 힘을 기르고 비축하고 있다. 통곡의 벽은 말이 통곡의 벽이지 실상은 내 삶의 발전소 역할을 하는 곳이다. 통곡의 벽이 지금까지 건강하게 존재해왔기에 내가 지금까지 건강하고 잘 살아왔고 더불어 아이들도 모두 제 몫을 다하고 있기 때문이다. 아프고 힘들면 한바탕 소리 내어 통곡하고 후련한 마음으로 다시 출발할지언정 통곡의 벽은 언제나 나를 지켜주는 수호신의 역할을 해 온 것도 사실이다. 이런 한 편의 시 속에 그 사람의 삶의 한 부부들이 그려져 있는 것이다.

러브스토리 감독 힐러는
"사랑한다면 미안하다는 말은 하지 않는 거야"
라고 말했다.
오리나무 숲 그에게 매일 미안하다고 말했었다
손주가 자라는 모습 혼자 누리는 모든 기쁨
모두가 미안하다고 하루에도 몇 번씩 말했다

이젠 미안하다는 말은 말하지 않을 테다
오리나무 숲 그대에게! 그대에게…

-「사랑」 전문

1970년 서울 국제극장에서 개봉된 러브스토리는 명문가의 상속자인 하버드대의 올리버가 가난한 이탈리아 이민 집안 출신인 하버드대의 제니와 도서관에서 만나 사랑에 빠지는 이야기다. 두 사람은 제니가 백혈병을 앓고 있음에도 너무 사랑했기에 대학을 졸업하고 올리버는 로스쿨로 제니는 사립학교 교사로 취직하여 어렵게 출발을 했지만 뜻하지 않게 백혈병을 앓게 된 제니가 미안하다고 하자 그때 사랑한다면 미안하다고 하지 않는 대사를 남긴다. 시인은 바로 이 장면을 착안하여 화두로 삼고 시를 쓴다. 힘들게 세상을 살아가면서도 예쁜 손주가 성장하는 모습을 보면서도 그 손주가 장하게 서울대를 가는 모습을 보면서 딸 아이가 건강하게 잘 크는 모습을 보면서, 또 새 사람을 만나 결혼하는 모습을 보면서 이 좋은 일들을 혼자만 본다는 것이 늘 미안하기에 시인은 그의 사진을 보면서 미안하다고 하는 것이다. 물론 그럴 때마다 사진 속의 그는 그렇게 다짐하는 것이다. '사랑한다면 미안하다고 하지 않는 거야'라고. 그렇게 시인은 그 좋은 현상을 좋은 일들을 혼자 보는 것이 미안하기에 그런 생각을 하고 그런 인사를 한다. 그러나 정작 미안해야 할 것은 정작 시인을 혼자 남겨두고 간 그 사람이 아닐까. 이런 예는 우리가 살아가는 현장에서도 종종 일어나는 현상이다. 함께 사는 부부가 어쩌다 혼자만 맛있는 집 초대받고 맛있게 먹고 왔을 때 집에서 혼자 먹고 있을 사람을 생각하면 그런 생각이 들기 때문이다. 그건 두 사람의 마음속에는 서로 배려하는 마음이 함께 들어있기 때문이 아닐까. 이것이 바로 인간애의 참모습일 것이다.

① (앞부분 생략)

이제 모든 것들이 다 시간 속으로 사라져 갔다.

딸 여섯과 아들 둘을 낳으시고 당신 몸처럼 아끼시던 큰 아들 앞세우시고 늘 나에게 "미안하다. 잘못 낳아 주어서" 하시던 우리 아버님!

늘 당당하시던 젊은 날의 모습이 사라지시고 어쩌다 뵈오러 내려가면 내가 운전석에 앉아 집으로 들어가시라고 손짓하면 지팡이에 의지한 채 내 차가 사라질 때까지 바라보고 계셨다.

영면하실 곳으로 가시는 날 새벽부터 눈이 내리기 시작했다. 가시는 길 산마루 소나무에 소담스럽게 눈꽃들이 피었다. 온 세상이 하얗다. 모든 것 내려놓으시고 떠나시는 우리 아버님의 마음이 눈처럼 깨끗하고 눈꽃처럼 아름답고 편안하시길 마음속으로 기도 드렸다.

이승에서 저승으로! 삶과 죽음의 경계선은 너무나 분명하다.

-「사랑하신 아버님도 떠나시다」의 일부

② (앞부분 생략)

나의 20대 초반은 그와 내가 짊어진 짐으로 숨이 막힐 때
나는 그에게 독하게 투정 부리면 그는 나에게 미안해 하며
우리가 부모 복이 없다고 생각하자며 말이 없는 그 사람
결혼해서 5년 동안 논 사고 밭 사고 집도 사드리고 소도 세마리
아버님 소 세마리의 꼴 베느라 고생 하신다고 푸념하시고

가난한집 맏며느리 벗어날 즈음 그는 교직 5년 간신히 채우고
송충이가 떡갈나무 잎을 찾아 가듯 또 다른 도전의 시작이었다.
그는 2000년 4월 벚꽃이 흐드러지게 핀 벚꽃 터널을 지나
고향 아미산 옆 오리나무 숲으로 떠나갔다. 이리뛰고 저리뛰던
그는 54세였고 나는 52세였다. 3남매와 그가 그토록 사랑한
연로하신 부모님을 두고 말없이 그는 떠나갔다.
가슴 절절이 못다한 말들 가을 바람에 실어 보낸다.
그가 잠들어 쉬고 있을 그 곳 오리나무 숲 언덕까지 이가을에

-「오리나무 숲 언덕까지」 일부

③

며느리의 자리를 모두 내려 놓는 순간이 되다.
그를 너무 사랑하셨던 분들이 지구상에서 영원히
사라지셨다고 생각하니 왜 이렇게 마음이 허전한지…,
되돌아 보니 잘못했던 일들이 떠오르고
이렇게 쉽게 부모의 인연을 내려 놓으시니
가슴이 메이고 저려오다…,
새벽부터 내린 눈으로 영면하실 곳까지 가시려면
눈길을 어떻게 뚫고 가나 마음은 초조하기만
가시는 분의 마음인지 온 세상이 하얗네
가슴이 이렇게 아리고 아픈 것을
삽으로 흙을 세번 마지막 올려드리고
죄송합니다 아버님! 수십 번 되뇌이니
눈물만 쏟아지네

-「며느리」 전문

①②③의 시를 잘 음미해보면 시인은 참 착하고 효성스런 며느리임을 알 수 있다. 우선 지혜롭고 효성스럽고 또 착하다. 근래에 없는 효도하는 며느리임에 틀림없다. 지금의 시댁과 성장 문화가 전혀 다른 곳에서 나고 자란 시인은 기본이 배려 깊은 사람이기에 시댁의 어려운 부분들을 수용하고 이해하면서 슬기롭게 꾸려나가는 모습들을 발견한다. 근래 보기 드문 모습의 하나이다. 1)에서는 그가 먼저 떠나면서 우리 부모 부탁한다는 것을 감지하고 온갖 정성으로 시부모를 모시는 느낌이다. 시인이 시부모님과 동생들을 위해 이리 뛰고 저리 뛰고 동분서주하는 모습이나 묵묵히 뒷바라지하는 일들, 그리고 '아버님도 떠나시다'에선 자기가 처한 현실에 최선을 다하면서도 자주 찾아뵙지 못해 죄송하다고 말하는 시인의 겸허함이 엿보인다. 시인은 당시 현직교사로 있으면서 아이들을 책임져야 했고 나름대로 생활해야 했기 때문에 시간적으로, 정신적으로 시부모를 자주 찾아뵙고 돌봐드려야 할 처지가 못 되었을 것이다. 그러나 원초적으로 갖고 있는 자신의 인성이 그 상황에 대해 미안하고 죄송해한다. 요즘의 정서라면 쉬지 않을 일을 시인은 그 당시 바쁜 생활 속에서도 며느리로서의 임무를 실천하려고 애썼던 것이다. 바로 지혜로운 여성의 표상임은 말할 것도 없다.

1) 사무치게 사랑해 보지 않은 사람은 밤 하늘의 빛나는 별을 볼 수 없다.
2) 우는 여자는 예쁘고 우는 남자는 아프다.

77년 미 항공 우주국 나사에선 보이저 1호와 2호에 브란덴브르크 협주곡을 선택해 외계인에게

지구인들은 평화를 사랑하는 생명체라는 걸 알리기 위해 이 음악을 탑재해서 보냈다 한다.

55개의 언어와 인사말 발트하임의 유엔 사무총장과 카터 미 대통령의 메시지 동판 레코드도 탑재해서 보냈다.

그런데 보이저1호의 행방이 묘연 이미 태양계를 벗어나 칠흑 같은 은하계를 맴돌고 있을 보이저1호.

보이저를 보낸 나사 과학자들의 맘속엔 늘 어둠 속을 맴돌고 있을 보이저를 잊지 않고 그리워 하고 있을 것 같다.

사무치게 사랑해 보지 않은 사람은 밤하늘의 빛나는 별을 바라 볼 수 없다는 말이 보이저1호를 떠올리게 하는 아침이다.

나만 아는 보이저 하나씩 각자의 마음 속에 품고 있을 그리움.

칠흑 같은 어둠 속에 맴돌고 있을 보이저를 안타깝게 생각하며

가을 밤 하늘에 빛나는 별 하나 선택해 바라보자.

만약 오늘 밤 가을 하늘 별을 바라보며 우는 남자를 내가 본다면 내 가슴이 아플지도 모른다.

-「아침의 단상」 전문

이 시는 놀랍게도 지금까지의 조 시인이 써온 오리나무 숲 이야기나 며느리로서의 이야기가 아닌 미 항공우주국에서 쏘아 올린 보이저 1, 2호의 이야기다. 그런데 언듯 읽어보면 무인 우주탐사선의 이야기인 것 같지만 결국은 그 사람의 이야기였다는 것을 알

수 있다. 조 시인의 놀라운 발상 중의 하나가 아닌가 하여 다시 한 번 음미하며 읽는 시간을 가졌다. 무인 우주선 보이저 1, 2호는 1977년 목성, 토성 등을 탐사하기 위해 발사된 위성이다. 그들은 플라티넘 고갈로 전력 생산이 고갈되면 목성, 토성을 근접 비행하다가 2012년 태양계를 벗어나게 되고 다음은 우주의 미아가 되어 지구와의 통신이 두절되고, 우주를 향해 무한한 항해를 계속하게 되는 것이다. 이렇게 되면 그가 촬영한 창백한 푸른 선의 지구 사진만 남긴 채 영원히 돌아오지 못하게 되기에 사무치게 그리운 그 사람과 같은 선상에 올려놓고 보이저 1, 2호도 내가 사랑한 그 사람이 영원히 돌아오지 못하는 곳으로 갔듯이 보이저 1, 2호도 그리움속에만 남을거라는 얘기다. 비록 생명이 없는 물체이지만 인간이 만들어 인간이 할 수 없는 영역의 임무를 수행하고 사라지기에 보이저 1, 2호에게도 연민의 정을 가득 담아 그리움의 세계 속으로 안내한 것이라고 할까. 이렇게 조 시인은 비록 생명이 없는 물체에게도 휴머니즘을 발휘해서 돌아오지 못하는 것에 대한 안타까움과 그리움을 「아침의 단상」을 통해 내 곁을 떠난 그 사람의 이미지를 동원해서 그리고 있다는 것을 보며 그이는 가슴이 따뜻한 사람이 아니면 엿볼 수 없는 아주 중요한 대목 중의 하나다.

3. 침개상투로 맺어진 소중한 인연

오늘 아침 출근 길에 조용히 "침개상투"라는 단어를 떠올렸다.
"침개상투"라는 단어의 뜻은 이 세상에서 제일 작은 씨앗이
겨자씨인데 땅 위에 있는 그 조그만 겨자씨에
하늘의 가장 꼭대기에서 바늘을 떨어뜨려 겨자씨에 정확하게 꽂힌다는 뜻이다.

살아 오면서 내가 맺었던 소중한 인연들을 하나씩 떠올렸다.
"부부" "직장 동료" "형제자매" "부모" 함께 했던 순간들을 뒤돌아본다.

5년간 열심히 모아 논과 밭 그리고 대지 520평의 집과 텃밭 소 세마리까지 사드리고
우린 다시 맨 몸으로 시작해야 했다. 시어머님은 45세 막내 시누이가 돌 지난 두 살 애기.

무슨 용기로 여동생 여섯과 남동생이 하나 있는 8남매의 가난한 맏이를 선택했는지
나는 부모님의 반대를 무시하고 사랑함으로 허락해 주시라고 끝까지 고집을 피웠다.
내가 얼마나 어리석은 철부지였는지 친정어머니께 나이 들어 죄송한 맘을 갖게 되었다.

"당신은 백합같은 여자"라며 현관에서 장승처럼 술 취한 모

습으로

서 있던 그가 2000년 4월 벚꽃이 필 무렵 54세 그는 고향의 오리나무 숲으로 떠나갔다.

출장 중 사고로 한마디 말도 없이 떠나갔다.

"침개상투" 그는 바늘이었고 나는 아주 작은 겨자씨!

하늘 맨 꼭대기에서 겨자씨인 나에게 꽂혔고

인연으로 나에게 다가왔을 바늘과 겨자 씨를 생각하며 그가 가고 없는 빈 자리를

오늘도 나는 삼남매의 엄마로 책임을 다하려고 오늘도 씩씩하게 지키고 있다.

-「침개상투」 전문

불교에서는 지나가다 옷깃만 스쳐도 전생에 수 억 겁의 인연이 있던 사이라고 말한다. 하물며 지상에서 만나 부부가 되었는데 이건 보통 인연이 아니고는 만들어질 수 없는 인연이다. 그러기에 시인은 이의 희귀성을「침개상투」라고 표현했다. 하늘 꼭대기에서 지구상에 아주 작은 바늘 하나를 떨어뜨렸는데 내가 정해 놓은 그 작은 겨자씨에 바늘이 떨어지면서 꽂혔으니 이는 몇억분의 일 확률일지는 상상이 가지 않을 정도로 기적 같은 일인 것이다. 그런 확률이 너와 내가 만나 우린 부부가 되었고 기왕에 부부가 되었으니 백년해로하면서 한날한시에 똑같이 간다면 그보다 더한 행복이 어디 있으랴만 불행히도 한 사람은 벌써 수십 년 전 그렇게 떠났다. 그러나 남은 사람은 그와의 따뜻하고 진솔한 사랑이 그대로 간직하고 있었기에 끝까지 자리를 지키면서 아이들을

잘 키워 각기 제 몫을 다하도록 시집 장가를 보냈고 지금도 그의 울타리를 벗어나지 못하고 주변을 서성이고 있는 것이다. 이렇게 사람에 따라서는 한 번 맺은 인연이 삶과 죽음을 초월하여 영원한 것으로 간직하고 사는 사람들도 있다는 것을 조 시인의 생각과 행동을 통하여 보여 주고 있다는 것, 그것은 정말로「침개상투」로 맺어진 소중한 인연을 오래오래 간직하는 한 여성의 참모습을 그려내고 있는 작품이 아닐 수 없다.

①
사무치게 그리워해 본 적이 있는 사람에게
초가을 저녁 바람에 스친 별들을 밤새도록
바라볼 수 있는 자격을 드립니다.

-「별」 전문

②
봄빛 내리쬐는 돌담길 돌아
파아란 쪽대문 너희집 언덕

노오란 민들레꽃 한송이로
오늘도 내일도 기다릴게

서 있을게

-「민들레」 전문

③
그는 날 보고 박꽃이라 했다
달밤 초가 지붕에 홀로 핀

새 하얀 박꽃이란다

하필 박꽃이라 했는지
수많은 예쁜 꽃을 두고도

오리나무 숲으로 간 그에게
지금은 따져 물을 수도 없다

-「박꽃」 전문

여기선 짧은 시 몇 편을 함께 보고 싶다. ①은 별을 통하여 동병상련의 연민을 느끼는 사람들에게 보내는 시인의 메시지다. 우리는 살아가면서 누군가를 항상 그리워하고 그것도 조금 살짝 그리워하는 것이 아닌 사무치게 그리워해 본 경험이 있는가를 묻고 그런 사람을 찾는다. 만약 그런 사람이 있다면 초가을 하늘에 떠 있는 세상에서 가장 아름다운 별들을, 세상에서 가장 사랑스러운 별들을 세상에서 가장 멋진 별들을 마음껏 바라볼 수 있는 자격을 준다는 거다. 얼핏 생각하면 별은 만인의 것인데 굳이 그걸 주어야 바라볼 수 있느냐 하고 반문할 수도 있지만, 그만큼 그리움이 절실한 사람에겐 통할 수 있기에 시인은 그런 표현을 썼는지도 모른다. 그렇다, 별은 누구나 가질 수 있고 누구나 누구에게 줄 수 있고 마음껏 주고 마음껏 가졌다 해서 죄가 되는게 아니다. 그러나 시인은 그냥 내가 가지고 있는 무한한 별들을 나와 같이 사무치게 그리워하는 사람들에게 내가 가장 사랑하는 것들을 함께 공유하고 싶은 것이다. 사무치게 그리운 것이 무엇이란 것을 알기 때문이다.

②는 그 사람이 사무치게 그립다 못해 이젠 내가 그 사람이 살던 집 뒤의 언덕 어딘가에 하나의 민들레가 되어 하루 종일 아니 한 계절 내내 서 있겠다고 다짐한다. 그러다 보면 그가 바람 되어 지나다 나를 흔들며 갈 것이고 그가 비가 되어 내리다 내 몸을 잠시 적실 것이고 그가 햇살이 되어 나의 몸 곳곳에 내려앉을 것이기에 난 그것으로도 그와 함께 있는 것으로 만족할 수 있기에 시인은 민들레가 되어 외롭게 서 있기로 하는 것이다. 글쎄 그것이 마음대로 된다면야 얼마나 좋을까 만은 모든 것은 시인의 바람일 뿐, 정말로 그가 왔다 가야 실감 나는 것이기에 시인은 지금 이 순간도 노란 민들레가 되어 그를 기다리고 있는지도 모른다. 만약 정말로 그걸 안다면 그는 오늘 틀림없이 비로, 바람으로, 햇살 중 하나로 내 곁에 왔다 갈 것이기 때문이다.

③은 그가 나를 늘 박꽃이라 불렀던 것에 대한 그리움이다. 우리들의 유년 시절엔 가을날 초가지붕 위에 아름다운 그림을 그리며 올라간 박넝쿨 사이 하얀 박꽃이 피고 얼마 후엔 달 만한 박 덩이들이 매달려 있는 풍성한 모습을 볼 수 있었다. 세월이 흘러 그 모습은 자취를 감추었고 지금은 어쩌다 시골 밭고랑이나 울타리에 하얀 박꽃을 볼 수 있다. 목화꽃처럼, 목련처럼 희고 고운 박꽃은 그 뒤에 커다란 열매를 숨기고 있는 명물 덩어리이다. 박꽃 같은 여자가 조 시인이다. 그이는 늘 조 시인에게 박꽃이라 불렀다. 조 시인은 그 이유를 지금도 모른다 했는데 박꽃은 자세히 보면 희고 예쁘기도 하지만 그가 지닌 엄청난 비밀이 있기 때문이다. 그건 이미 홍부와 놀부에서 박꽃이 나중에 둥글고 커다란 박이 되어 그 박을 슬금 슬쩍 박을 타고났을 때 그 속엔 엄청난 금은보화

가 숨어 있으니 그 사람은 바로 그런 것을 이미 알고 있었던 것이다. 그이는 바로 자기 속내를 조용히 숨기고 아끼고 보물 같은 박꽃을 그만의 가슴에 안고 있었던 것이다.

①
밤새 누굴 그리다
갈라지는 아픔을 겪었을까
알알이 내 가슴앓이를 닮은 너
비바람 몰아치는 그믐 밤
별이 되어 몽땅 쏟아져 내리렴

-「석류」 전문

②
늦가을 들녘에서 노란 들국화 꽃내음
가을 바람에 실려와 내 품에 안길 때

나이 칠순에 배운 피아노 소녀의 기도와
엘리제를 위하여를 치고 있을 때

내가 그린 꽃송이 갖가지 색실로 수를 놓아
며느리에게 줄 실크 보자기 완성했을 때

낙엽이 지는 늦가을 오후 커피 한잔 들고
가을 햇살이 빨강 단풍잎에 내려 앉을 때

나는 늘 감사한 맘으로 소확행을 잡는다

-「소확행」 전문

① 시인의 작품 중에서 백미라 일컬을 만큼 나에겐 참 좋은 시이다. 빨간 석류가 익어 터지는 모습을 그림을 그리듯 써 내려간 이 시는 '비바람 몰아치는 그믐밤/별이 되어 몽땅 쏟아져 내리렴' 이 구절에서 숨이 막힐 듯하다. 눈을 감고 생각해 보자. 시인은 '누군가를 그리워하다 지쳐 자기도 모르게 속이 빨갛게 익고도 익어 가슴이 터진다. 그러면서 동시에 그 수많은 빨간 석류알갱이들이 하늘에서 별처럼 와르르 쏟아진다고 가정한다면, 그리고 내가 그 밑에서 그 빨간 석류알들을 뒤집어쓴다면 누군가의 그리움이 익을 대로 익은 석류가 되어 그만 내 가슴에 쏟아진다면 어떨까. 아마도 나도 그 그리움의 진액이 되어 함께 녹을 것이다.' 고도의 은유법을 활용하여 그리움이 곧 농익은 석류알로 승화되고 그 농익은 석류알들이 나에게 쏟아지는 환상에서 나는 그리움의 정점에 서서 또 한 번의 황홀감을 맛보는 것이다.

②의 소확행은 나이 칠십이 되어 소소하게 살아가는 시인의 일상을 담담하게 그리고 있는 작품이다. 그는 이제 다시 소녀가 되어 피아노도 배우고 시도 쓰고 갖가지 색실을 준비해서 수를 놓는다. 어느 정도 숙련된 피아노는 명곡 엘리제를 위하여도 칠 수 있을 정도가 되었고 수틀 위에 한 올씩 땀땀이 바늘이 오고 가는 과정 속에 며느리에게 선물할 예쁜 꽃들이 완성될 즈음 스스로 행복감을 느끼기도 한다. 고부간의 따뜻한 마음이 정성 들여 놓은 예쁜꽃으로 변하여 며느리에게 가는데 어느 며느리가 감동하지 않을 수 있을. 내리 사랑이라고 이렇게 주는 것도 먼저 진솔한 마음으로 다가갈 때 상대방이 감동하고 그 감동은 또 다른 감동으로 이어져 각자의 가정이 더 따뜻하고 아름다워지는 것이 아닌가 생각이 든다.

4. 내 마음의 달항아리 속에 담은 인생의 희노애락

①

보름달 같은 둥근 달항아리
대나무 숲이 그려져 있다
자세히 보아야 대나무 잎과 줄기를
알아차릴 수 있는 달항아리
딸이 떠난 빈 방 탁자 위에 올려놓고
한가위 보름달처럼 살아가라고 맘 속으로
기도하며 그리울 땐 두 손으로 감싸던 달항아리

-「달항아리 1」 전문

②

몇천 도의 불기운 온몸으로 감싸 안을 때
정신 줄 붙잡고 태어난 푸른 달빛 항아리
쓰다듬고 쓰다듬은 도공의 거친 손길은
대나무 숲에 숨은 바람을 데리고 왔다
달항아리 속엔 대숲 바람과 푸른 달빛만 가득하다
내 마음 항아리도 그렇다

-「달항아리 2」 전문

③

터무니 없는 욕심과 미움 원망도 항아리가
넘치도록 매일매일 담았다.
달항아리 거꾸로 들고 담은 것 모두 모두 쏟았다.
사그락 사그락 대나무 잎 흔드는
대숲 바람과 환한 달빛만 가득하다

-「달항아리 3」 전문

이 시들은 어쩌면 자신의 모습을 그대로 표현한 것이 아닌가 싶다. 집에 조금 오래된 달을 닮은 달항아리를 항상 곁에 두고 닦고 생각하며 살았다. 그런데 어느 날 딸이 시집을 가면서 텅 빈 방에 딸 대신 달항아리를 옮겨 놓고 '그래 너도 보름달처럼 잘 살거라' 하고 기도한다. 딸에게 보내는 엄마의 기도 선물이다. 달항아리는 엄마를 대신해 딸의 빈방을 지키며 남아 있는 딸의 흔적과 무수한 대화를 한다. 시부모 잘 모시고 형제지간 우애 있고 지아비와 잘 지내고 딸의 행복을 위해서 일상적으로 보내는 부모의 말이 아닌 진심을 담은 기도문이다. 자식은 영물英物이라 해서 죽을 때까지 걱정하고 잘 되길 기도하고 빌어 준다. 이는 부모만이 할 수 있는 참사랑이기 때문이다.

②에선 몇천 도의 불속에서 탄생한 달항아리에 대한 찬사다. 그곳엔 대숲이 있고 바람이 숨어 있고 달빛이 있다. 작은 항아리에 불과하지만 그 속에는 내 마음도 들어있기에 더욱 애착이 간다. 수천, 수백도 속에서 만들어지는 항아리의 인고의 시간을 생각하면 삶의 한 부분이 아무리 어렵다 해도 이를 극복하고 이겨 나가야 한다. 항아리는 고열을 이겨 내면 푸른빛을 발한다고 한다. 어느 하늘 아래에서 오로라를 발견하듯 그건 푸르디푸르다 못해 환상적인 빛을 발하는 것을 보고 탄성을 자아낸다. 오로라(aurora)는 태양에서 방출放出되는 플라즈마 입자(전자 또는 양성자)가 지구 대기권 상층부의 자기장과 마찰하여 빛을 내는 광전光電 현상인데 입자의 대부분이 태양에서 방출된 것이 대부분이라는 것이다. 그만큼 항아리에는 태양에서 온 듯한 푸른빛이 가득하듯 시인의 항아리엔 그 바람과 푸른 달빛이 함께 시인의 마음속에 자

리하는 듯하다.

③은 정말로 인생을 살아오면서 있었던 그 수많은 희노애락을 달항아리에 담았다는 이야기다. 누구에게나 올 수 있는 때로는 견딜 수 없는 것과 견딜 수 있는 그런 희노애락이 다 있기에 시인은 그 모든것을 참고 견디며 그 달항아리에 차곡차곡 넣어 두었던 것이다. '대숲 바람과 달빛만 가득하다'라고 한 것에는 그 달항아리 속에 수많은 세월이 안겨다 준 바람과 달빛이 가득 들었다. 하지만 그가 들어가는 과정 속에 외로움, 고독, 슬픔, 기쁨, 아픔, 힘겨움 등 수많은 것들이 함께 했기에 그 달항아리에는 더 큰 의미가 숨어 있는 것이 아닐까. 시인의 달항아리는 그의 인생이고 그의 사상이고 그의 문학이기도 한 것이다.

5월은 엄마 생각으로 가득했다.
선하고 말 잘 듣는 딸도 아니고 말이 없는 딸
살가운 표현도 한 적 없고 속맘을 보인 적도
없는 목 메달 같은 딸이었다.
팔남매에 가난한 맏이 선택한 나를 말리셨지만
사랑함으로 결혼하겠다고 고집피우며
엄마 속을 잿더미로 만들었던 나였다.
11월 어느날 눈도 못뜨시며 간신히 나에게
"잘 살아라" 한마디 하시고 떠나셨다.
11월은 엄마의 마지막 말이 단풍처럼
내 맘 속에 한잎두잎 떨어져 내린다.

-「11월」 전문

시인의 역사 일부분을 보는 듯한 시이다. 이맘때쯤 그는 결혼할 나이였고 엄마한테 결혼해야겠다고 말씀드렸을 것이고 엄마는 당연히 반대할 수 밖에 없었을 것이다. 당시 우리나라는 국민소득이 전 세계에서 하위에 속하는 국가였기 때문에 8남매의 맏이한테 시집간다는 것은 안 보고도 훤히 알 수 있는 대목이다. 그것도 시골로, 엄마는 금이야 옥이야 키운 딸을 그것도 선생님 만들어 어찌 그런 어려운 집으로 시집을 보낸단 말인가 하고 속으로 무척 마음 상하셨을 것이다. 자식을 위하는 부모 마음은 똑같은 것, 진정으로 딸이 결혼해서 잘 살기를 바라기 때문에 보지 않고도 어려운 집으로 간다는 것을 어찌 쉽게 허락할 수가 있을까. 그러나 시인의 사랑 타령에 엄만 그만 손을 들었고 세월이 지난 11월 어느 날 "잘 살아라." 한마디 하시고 가셨다. 시인은 엄마의 말을 안 들었다는 것보다 끝까지 잘 사는 것을 보지 못하고 가신 것에 더 마음이 아프다. 어차피 인생은 각자의 몫이라 하지만 분명한 것은 자식은 부모가 생각할 때 분신의 하나이기 때문에 자나 깨나 시집을 갔건 안 갔건 늘 걱정이고 또 걱정으로 살고 있는 것이다.

겨울옷 만들 때 하얀색 털실 굵기
코와 얼굴에 얼기 설기 내려져 있고
손등엔 주사 바늘 깊숙이 꽂혀 있다.
가쁘게 내뿜는 숨 소리와 신음 소리

응급실엔 죽음과 마주친 사람들이
살기 위한 결투를 하느라

여기저기 신음 소리 가득하다

눈 떠 보세요 이름은요 간호사 말소리
숨이 멈출 듯 그렁 그렁 환자의 숨소리

여기 저기 환자들은 생사의 갈림길에서
장검을 들고 살기 위해 죽음과 결투를 벌인다

-「응급실」 전문

인간의 삶과 죽음이 교차하는 공간이 응급실이다. 글자 그대로 상황에 따라 자칫하면 죽을 수도 살 수도 있다. 일전 환자가 응급실을 잘못 찾아가 아깝게도 생명을 잃은 경우가 있다. A 대학병원으로 갔으면 살 수 있었던 것을 처음엔 B로 가서 안되어 다시 A로 갔는데 이미 늦었다는 것이다. 인명은 재천이라 하지만 선택의 결과가 잘 못 되어 불행한 결과를 가져온 예이다. 여기서 시인은 응급실의 긴박한 상황을 말하고 있다. 어쩌면 우리가 사는 사회도 커다란 응급실일 수도 있다. 산다는 자체가 힘들고 곳곳에 위험이 도사리고 있기 때문에 주의해야 할 일들이 한, 두 가지가 아니다. 수없이 달리는 자동차의 도로망 그리고 화재의 위험성 가스나 기타 안전사고 태풍이나 홍수와 산사태에 이르기까지 주변 곳곳은 위험 요소가 산재해 있어 사람들 스스로 조심하고 유의해야 할 일들이다. 시인이 찾아갔던 응급실에서 순간순간 생사를 넘나드는 환자들의 모습을 보고 그건 어쩌면 현재의 우리들의 삶의 현장과도 다를 바 없음을 사실적으로 표현하고 있다.

5. 시의 정원에서 꽃 피우는 새로운 봄날을 위하여

봄날 따스한 햇살에 실려옵니다
그래서 온종일 봄을 기다립니다.
돌아올 수 없는 그대가 봄마다
벚꽃으로 돌아오기 때문입니다

-「봄날에」 전문

봄이 오는 어느 날 시인은 자신을 불쌍하다고 결론짓는다. 분명 봄은 오는데 봄과 함께 와야 할 그대가 오지 않기 때문이란다. 그가 '예이츠'의 시 구절 '술잔을 입에 대고 너를 바라보고 눈물을 글썽이고'라고 말한 것을 함께 읊으며 함께 봄을 맞을 수 없는 것에 슬픔을 느낀다고 한다. 그러나 이미 조 시인은 그런 슬픔이나 외로움은 벌써 극복했음을 보여 준다. 그가 일구고 있는 시의 정원을 통해서 수많은 시의 꽃을 피울 것이기 때문이다. 조 시인은 인간이 요구하고 있는 욕구가 무수히 많기 때문에 이 욕구를 만족시키는 가치를 자신이 하고자 문학 그중에서도 시를 통하여 채워 가고 있는 것이다. 여기에서 가치는 한가지에서만이 이루어지는 것이 아니고 나무의 가지가 많듯이 가치의 개수도 수없이 많은 것이다. 칸트가 말한 지정의의 가치를 넘어 진선미의 가치는 우리들의 일상생활 속에서 이미 통설이 되었다고 볼 수 있다. 그중에서도 문학적 가치인 미의 추구는 정신적 가치이고 그 정신적 가치는 인간이 문학을 통하여 추구할 때 더 의미가 있는 것이다.

어떤 의미에서 문학은 미적 가치의 가능한 존재고 그중에서도 시는 자연과 인간의 삶 속에 존재하는 시의 소재를 인간의 손으로 하여금 다시 창조해 내는 작업이기에 더욱 가치가 있는 것이다. 우리가 어느 날은 길을 가다 만난 풀꽃 하나 멋진 소나무 하나에도 어떤 감정을 느낀다. 이것이 바로 미의식에서 오는 정서적 감동이라고 볼 수 있다. 시인은 이런 정서적 감정을 통해 새로운 작품을 만들고 그런 과정 속에 외로움과 고독을 이겨 나간다. 아마도 조 시인도 그런 일상에서 느끼는 크고 작은 바람소리나 함박눈이 내리고 봄비가 오고 초록의 숲에 가서 느끼는 무수한 상념들을 하나씩 생각의 바다 속에 모아 작품으로 승화사켜 나감으로써 지금까지 외롭다, 고독하다, 쓸쓸하다에서 벗어나 새로운 세계를 향하여 활발하게 활동하는 시인으로 성장하리라고 본다.

****

PS: 아주 오래전 대전에서 대학친구를 만났다. 함께 대학을 다니고, 함께 고향으로 발령을 받았던 그 친구는 어느 날 교직을 사표 내고 사업을 하고 있었다. 고생은 했지만 나름대로 이루고 있는 사업에 자부심을 느끼며 매우 열심히 살고 있었다. 나는 함께 교직에 함께 있지 못해 아쉬웠지만 나름대로 소왕국을 이루어 가고 있는 그였기에 부럽기도 했지만, 건강하게 열심히 해서 대성하기를 기도했다. 그리고 그 이듬해 서울 병원 가는 일이 생겨 강남 터미널에서 다시 만났는데 나를 데리고 강남 터미널 지하상가 몇 곳을 지나쳤다. 그리고 자신이 운영하는 곳을 알려줬다. 나는 순간 참 대단하다는 것과 촌사람이 어떻게 서울에 와 이렇게 성공할 수 있는지 궁금했지만, 나의 영역이 아니었기에 열심히 사는 얘기만 들었다. 그리고 우린 차 한 잔씩을 하고 헤어졌다. 그 친구가 바로 조시인의 사랑하는 남편이었던 것이다. 그리고 얼마 후 그 친구가 사고로 멀리 갔다는 소식을 들었다. 참 너무 놀라기도 했지만, 가슴이 아팠다. 그렇게 열심히 살았는데 왜 하느님은 그런 친구의 편에 서 주지 않았을까 하는 생각이 들었다. 인명은 재천이기에 어쩔 수 없는 노릇이지만 그래도 이렇게 간다는 것이 너무 가슴 아프고 아쉬움이 많았던 게 사실이다. 그로부터 다시 세월이 흐르고 혼자 남아 아픈 시간을 잘 이겨 내며, 아이들을 훌륭하게 잘 키운 조 시인을 만났다. 조 시인은 그런 아픔을, 시를 통해 잘 승화시키면서 꿋꿋하게 자기자리를 잘 지키면서 모든 것들을 잘 이겨내고 있었다. 그리고 아이들까지 각기 짝을 찾아가고 홀로 남았으니 난 죽을 때까지 변함없이 같이 갈 애인을 하나 만들라고 권유했다. 결국 그는 새 애인을 만들었고 지금 그 새 애인과 신혼의 밀월을 즐기는 중이다. 그 애인은 늘 그 자리에 있기 때문에 조 시인이 잠시 어디를 다녀와도 변함없이 기다린다. 바로 이런 애인을 만들고 함께 해야 그런 외로움도 고독감도 모두 이겨 나갈 수 있다. 조 시인은 바로 그걸 실천했고 신인상이란 타이틀을 받게 되어 그 애인에게 체면을 세우게 되었다. 그리하여 새롭게 만난 늘 변함없는 새 애인과 더 긴밀해지고 열정을 쏟아 좀 더 넓은 바다로 나아가 더 큰 시인으로 성장해서 그 애인이 조 시인을 만난 것을 무척 자랑스럽게 생각하도록 해야 할 것이다. 조 시인에 있어 시라는 새 애인은 이제 친구이고 남편이고 자식이고 이웃이고 모든 것을 다 대변하고 채워줄 수 있는 무기가 될 것이라고 확신한다. 지금까지도 그래왔듯이 앞으로도 변함없이 시라는 새 애인과 밀월을 즐기면서 훌륭한 시인으로 거듭나기를 응원하고 기도한다.

오리나무 숲으로 간
그대에게

조만수 시집

오리나무 숲으로 간
그대에게

조만수 시집